句集

柿の木のある家

下本 慈江

Shitamoto Yoshie

風詠社

はじめに

一九七二年七月、当時、私はロサンゼルス市に住み、七歳、五歳、二歳の男児三人の養育に専念する、いかにも日本人的な母親で、育児にも家事にも慣れ、時間的余裕を持ち始めたころだった。

地元の日本語新聞に「俳句へのこころざしを骨子として、われわれの散漫な日本語を磨いてゆこうではないか」と、俳句会の発起案内が掲載された。発起人は画家で著名な児童絵本作家である八島太郎氏と僧侶で文筆家として知られる野本一平氏だった。

「誰のなかにもひそむ詩想を散文から俳句的極限にむかって把握しようとする道をうちたてながら、それをもって、日常的文学的表現＝会話、音信、日記、随筆などを昴めるものとするならば幸福ではないかということなのです。ですから、この俳句の会は宗匠を中心とする会でもなければ結果を急いで世に問わんとする会でもありません。会が発足すれば発起人は会員としてつながらせてもらう意向であります」

この呼びかけに応じて参加した全員の総意で、定型に拘らず一行詩または二行詩でもよいということで始められ、半年ばかり遅れて私が入会した時は、自由律俳句ということで定着していた。

句会の名称はカリフォルニアの初夏を紫に彩る樹木ジャカランダ jacaranda の発音を変化させ「やからんだ乃会」と呼んでいた。


参加するには、少なくても二句提出するという規則が出来ていた。参加を決められずにいた私はその日の思い付きで、とにかく行ってみようという気になり、子供たちを入浴させ寝間着に着替えさせるところまで済ませて、遅刻を覚悟して新聞で知っていた会場に向かった。俳句を作っていなかったので、俳句と言えばそれしかない、小学五年の時、国語の時間に俳句について学び、作らされた一句「ちりすて場じゃがいものびる秋日和」を「ちり捨て場じゃがいも伸びる冬の午《ひ》る」と季語を替えて出した。小学校の塵捨て場は校庭の外れにあり、目に映ったそのままに習ったばかりの季語を生かしただけであったが、担任の先生がほめてくれたことがうれしくて記憶に残っていた。

今思うと「冬の午る」より「秋日和」の方がましだと思う。新参者に対する気遣いで「日常気づかない風景がそこにある」といった感想を聞いた。

自由律俳句という言葉さえ知らない、俳人、河東碧梧桐、種田山頭火、尾崎放哉など、そして自由律俳句の結社、層雲社といった名称を私は初めて聞かされた。後日、定型句は、

五、七、五に当て嵌めれば俳句らしくなるけれど、自由な分、それだけ難しいのでないかと考えることがしばしばであった。

山頭火の、托鉢をして歩く道での「鉄鉢の中へも霰」という句を読んだとき感嘆し、自由律と云えば必ず脳裏に浮かぶ一句となった。これだけで情景が目に浮かび詩を感じさせるのだ。私は自由律とも定型とも意識せずに、定型としてまとまれば、それも提出するし保存していた。

一九九三年のある秋の夜、眠れないのでFM放送を聴きたくて手さぐりにラジオのダイヤルを回していたら日本語が聞こえてきた。それまで短波放送が入ることを知らずにいて、ラジオのカセットプレイヤーなど一部の機能が壊れかけているほど古くなるまで聴いていたにもかかわらず、短波放送を聴き洩らしていたことを悔しがった。

初めて聞く短波放送は、たまたまNHKラジオの「俳句コーナー」だった。聞いているうちに応募したくなり、その後定型俳句を作ることを多くして、句会には自由律、俳句コーナーには定型というように作り分けるようになっていた。

心臓・循環器科の医師から「あなたは、いつ脳梗塞や心臓麻痺が起こってもおかしくない状態なんですよ」と注意をされても特に生活を改めるわけでもなく、喜寿を過ぎても目標を持たずに生きていた私が、今年六月になって句集の出版を思い立ち、その作業を始めた。過去の俳句に目を通していて当時を思い、感慨に耽ることがしばしばという有様で中々進まない。三十五歳〜六十八歳という私の壮年期、三十三年間を切り取って見せてくれそうな句集になると私自身が期待しているが、つまらないと思う句が沢山あったので削除した。記録としての内容を重視して残すことにした句も多い。

縁あって私の句集を手に取ってくださる人々に、寛大な感想をお願いしたいと希望しています。

下本　慈江

二〇二〇年一〇月

目次

装幀　２ＤＡＹ

定型俳句

一九七三年〜一九八九年

ふるさと　淡路島

島まつり果て洲本の浜に風もどる

子等でかけ眠り貪る春休み

春暁に子等の客去り野鳥来ぬ

雨あがり三つ葉花となり布団干す

つばめ来る海辺の町に市が立つ

一九九〇年

子の巣立ち今年はふたりの遠花火

病む夜長水漏れの音とあかしたり

雨の夜の憂いをはじく柿の色

山茶花咲く頃となり病癒え

一九九一年

帰省の子ら出払い二人の夜寒かな

雑草《くさ》を抜く丸めた背中に春の風

春の陽に首のばして騒ぐ家鴨かな

灯を消せば樋よりあふれる春の雨

雨の街角花売りの手のチューリップ

果樹の蔭麦藁帽子が昼寝中

帰省の子の足がはみ出す夏布団

雑草がみな穂となりし夏のゆく

峰に来て形の変わる秋の雲

松葉杖の歩に寄り添いぬ秋の風

子の無事を報《し》って目に染む十三夜

酔い覚めぬ風立ち藤の実が騒ぐ

山峡《やまかい》も灯のあかあかとハロウィーン

紅葉が散りかねているあたたかさ

南陽《みなみび》が座卓に届く冬となり

父の忌を共にする寒月に漁り火も

友泊めん樅匂う中に布団敷く

一九九二年

甘酒をすする二人に年が明け

傷舐める犬に初日のやわらかし

どの門も樅が転がる年始かな

春菊の香が支配する鍋の中

雪山を視界に得たるフリーウエイ

送金を乞う子の声澄み春隣

マジョリカの白が春色とらえたり

あたたかや市《いち》のたむろに足が向き

彼岸会や善男善女に倣いたり

彼岸会の香煙袖に残りけり

法事待つ旅立ちの朝の花菜漬

ハワイにて

火の島に沖の鯨と憩いおり

落日や島のマンゴのたわわなる

母の日のははの礼状春灯下

松繁り今年は半分の遠花火

つばくろに軒貸し窓は開けられず

つばくろに軒貸す今年の春惜しむ

お囃子が英語と馴染む盆踊り

輪の中の下駄の響きが心地よき

時雨きて濡れるがままに花の店

一九九三年

猫抱けば日向の匂い春隣

鈴懸が日ごとに空をせばめゆく

詫びの文書き終えて春をまどろみぬ

煙突に棲むさえずりや今朝の幸

デモ隊がジャカランダの角を曲がりけり

生徒らと昼餉を共にジャカランダ

病室に果物籠の匂い立つ

退院の荷はそのままに心太《ところてん》

籐椅子に憩えば杖も憩いおり

緑陰に憩えば杖も憩いおり

NHKラジオ俳句コーナー選者添削

茄子西瓜厨狭くする子ら帰省

俎の初なりのかぼちゃ刃を拒む

水をやる片手が木苺つまみおり

便り待つ栗鼠は柿の木往き来する

鳴りやまぬ近火見舞いや長き夜

風邪癒えて庭下駄をはく履き心地

一九九四年

焼け跡に月下の鹿の影あわれ

NHKラジオ俳句コーナー入選、及び選者添削

焼け跡に月下の鹿の影ひとつ

対岸の灯まばたき増してクリスマス

囀りや犬と見上げるプラタナス

応答なく留守居の梅と風見鶏

抱擁の挨拶も慣れ子の帰省

ＮＨＫラジオ俳句コーナー特選

布巾干す銀杏の枝に芽がならび

バスを待つベンチの温もり蝶の来る

かかりしは栗鼠ゆえ逃がす尾根は春

庭を掃く春嵐が塵を攫《さら》いけり

移民らの暮らしの匂い蚕の市

蚕の市で使う当てなく火鉢買う

春雷に父子の会話止みにけり

腰痛に寝返るごとに薔薇香る

屠殺待つ牛の溜まりに草萌えず

諍いは苺の甘さに押しやられ

童らの声止みボールはわが花圃に

種を蒔き今朝は野鳥招かれず

山峡《やまかい》の空翔めぐる鳥の恋

卒業の子の髭剃りのあと薄く

事件追う爆音止まず熱き夜

茄子配る充たされし日の茜雲

鳩に分けつつ向日葵の種ほぐす

郷愁の茗荷の皿の幾とおり

郷に入り渇水を嘆く子の伊予訛

秋風に出会う陸橋わたりけり

秋茄子は陽射しあつめてはね返し

虫すだく橋下で読書のホームレス

逝きし師の絵に向かいおれば秋の澄む

秋灯火仕上げのひと筆赫い色

描き上げて頬張る柿は熟しおり

試験の子に珈琲を挽き時雨聞き

離陸する機のたたずまい冬隣

桟橋を嗅ぎゆく子犬に冬近し

NHKラジオ俳句コーナー選者添削

桟橋を犬の嗅ぎゆく冬近し

柊のひと節添えて菓子届く

聖夜かなし別れ話する若夫婦

一九九五年

コヨーテの呼びかう尾根に冬銀河

間の長く受話器の重く霙聞く

阪神大震災のＴＶニュースより
千鳥啼くわがふるさとが震源と

余震つづき六甲颪に佇める

冬鴎仕出しの列に寄り添える

雪に霞む水待つ人らの閑かなり

冬の灘なげき極まり鎮もれる

映像は瓦礫の中の蒲公英を

言いそびれ憎まれ口のバレンタイン

春近し潮路の碧のやわらぎて

教会のあひるの騒ぎ春隣

NHKラジオ俳句コーナー入選

はにかみて肩そびやかし児は入園

子ら巣立ち鐘馗の片手もげており

子ら遠し二人で食べる柏餅
NHKラジオ俳句コーナー入選

吾に倣い粽《ちまき》買う人いて立ち話

短夜を惜しみつつ本を閉じ

花嫁の指輪の指も汗ばみて
長男の結婚

日系の庭と知らるる富有柿
ＮＨＫラジオ俳句コーナー入選

日系の家と知らるる庭の柿
ＮＨＫラジオ俳句コーナー選者添削

長き夜の蜘蛛の旅路を目で追いぬ

コーヒーの湯気白くなる今朝の冷え

コーヒーの湯気の白さよ今朝の冬

ＮＨＫラジオ俳句コーナー選者添削

ジョギングが駆け往き冬の朝明ける

ジョギングの靴音が往き冬の朝
スキーには縁なき脚に雪ブーツ
滑降の子らを見守り薪《まき》くべる

一九九六年

籠る日の庭に下りつぐ小鳥かな

ＮＨＫラジオ俳句コーナー特選

煎りたての珈琲を買い懐手

冬陽さす食卓に二人の雑煮かな

年金の夫の欠伸猫の恋

梅散りて鋏の音が眠気呼ぶ

陽炎や国境で買うソンブレロ

舷《ふなばた》に身を迫り出して見る鯨

鯨往く潮路の波浪のどかなり

釣りし魚波に返せば朧月

日系の手になる公園初桜

夫の転落事故

病室に届きし野花露含み

バイタルサインを見ているばかり秋灯火

菊を買い病院通いの靴も買い

NHKラジオ俳句コーナー選者添削

白菊を買い通院の靴を買う

あるじ居ぬ庭は雑草《くさ》の実稔らせて

雪を得て間近く見えし山の脈《なみ》

一九九七年

雪山にいざなわれいるハイウエイ

雪嶺にさそわれて行くハイウエイ

ＮＨＫラジオ俳句コーナー選者添削

病院を出て深呼吸し冬銀河

病室の軒の梟へ灯り消す

看護婦が撒くパン屑に寒雀

鳥影に犬が見上げる冬木立

氷雨止み隣家の人声沸くごとく

鳥の餌の粟を芽吹かせ雨やみぬ

母の日やそれぞれの母国語嫁三人

一九九八年

春雷に鴉の騒ぎ止みにけり

夫《つま》看取る吾に届きし花菜漬け

NHKラジオ俳句コーナー入選

日めくりが端午の節句を告げており

日本人町のやはり目を引く鯉のぼり

脈をとる夫の手首の汗拭う

見舞客新茶も残し立ち去れり

風涼し板間にひびくトウシューズ

NHKラジオ俳句コーナー入選、電話インタビュー及び添削

板の間にひびきて涼しトウシューズ

潮風と眠気を誘う夏暖簾

あるじ病む葡萄の蔓は伸び放題

主《ぬし》病めば杏の果実も痩せており

盆の月父の忌日を数えけり

短夜や体温計をかざし見る

NHKラジオ俳句コーナー納涼俳句大会入選及び添削

短夜や体温計をまたかざし

明け易し庭師が門を開ける音

子の寝顔覆う汚れし登山帽

陰干しに子が頂上を踏みし靴

ひな九羽つれし鶫《つぐみ》に庭譲り

夕凪てたゆとうままに漁り船

朝顔をそよがせてきた香を含み

朝顔に日除けを託し寝入りたる

夕立に軒借るどうし打ち解けて

緑陰に犬が見守る車椅子

夫《つま》臥せる叶わぬ帰郷や去る燕

コヨーテの呼び交う夜は本を閉じ

秋風は柿色付かせ栗鼠を呼ぶ

秋陽さす神経かよわぬ脚温し

秋鯖を包みし新聞スペイン語

秋鯖を包むスペイン語の新聞

NHKラジオ俳句コーナー選者添削

薬草を煮る湯気籠る今朝の冷え

柊のリースになれず野鳥《とり》の餌に

筆不精詫びる一行の年賀状

一九九九年

ともかくはアメリカ野菜の七草粥

還暦のひとりの卓の七日粥

NHKラジオ俳句コーナー入選

街路樹の鳥も神妙に初明かり

臥す夫《つま》に窓開け放し初日の出

凍みる日の往診の医師も咳をする

描き終えて散りてもあでやか寒椿

蜜柑届け焼き立てのパンを籠いっぱい

冬の雷石油ランプがつくる翳

松仰ぐ今朝の庭師の懐手

雪解水池広くして魚の群れ

雨あがり土ふくふくと芽吹く韮

二〇〇〇年

巣作りの野鳥に気遣う老庭師

臥す夫の見上げる枝に巣籠れる

病褥を窓の向き替え薫る風

郷里にて

幼子も苗運びする田植かな

田植え終え濁れし水も空の青

NHKラジオ俳句コーナー選者添削

空青し田植濁りの水も澄み

子を負うて植田見回る若き父

梅雨のない土地の紫陽花こわばりて

四方から桃届けられまた配る

雷に追われ続ける荒野往く

雷鳴を逃げ切り宿の灯を点す

昼寝する背中あわせの子と子犬

山間は鳥らも閑か昼寝どき
隣より兄弟喧嘩の夏休み
浴衣着て下駄履き団扇の盆気分

柿盗む栗鼠の憎らし知恵くらべ

柿盗む栗鼠いてりすと知恵くらべ
NHKラジオ俳句コーナー選者添削

公園を児ら去り野鳥の集いたる

窓寄りの金柑の花の香に夫《つま》咽る

百舌鳥啼きて父の忌日と覚りけり

稜線の淡くなりゆき冬そこに

うたた寝に冬鶯の声親し

救急車待つ間の庭に枇杷の花

電話待つ苛立ち逸らす枇杷の花

二〇〇一年

教会の鐘さえてくる枯れ木立

木枯しや途切れとぎれに鎚の音

避寒地の友より繁くEメール

芝に集いて何ぞかしまし寒雀

雀らは冬枯れの芝に雨乞いか

点滴の雫また落ち寒の月

誕生日を祝うがごとく寒椿

三男夫婦がくれた休暇

機《はた》の音や絣の街はいまだ梅雨

久留米

朝凪や宍道湖畔の舫い舟

松江

空よりも湖面を流れる秋の雲

鉄線花千本格子茶屋の街
金沢

船べりの蜻蛉と下る阿賀野川
新潟

朝顔の種隠し持つ帰国かな

初孫の歩みて転ぶ夏帽子

柿よりも添えし葉朱《あか》し枕辺に

髪にとまりまた吹かれゆく芒の穂絮

句誌「狩」選者添削

髪にとまりまた吹かれゆく草の絮

戦闘機飛び交う彼の地に冬近し

銀杏散る無聊の午後《ひる》に句誌届く

対岸に灯のともる頃鹿の来る

句誌「狩」選者添削

対岸に灯ともし頃鹿の来る

戦場の刻々の報冬の居間

戦場の刻々の報冬ごもり　句誌「狩」選者添削

子供の評苦笑の画家は日向ぼこ

子供の評に苦笑の画家の日向ぼこ　句誌「狩」選者添削

犬二匹炉辺に留まる寒さかな

蘇生せし水路彩る聖夜の灯

蘇生せし水路を照らす聖夜の灯

句誌「狩」選者添削

一度でも見れば気の済む暦買う

餅搗きを囲みし人種さまざまに

二〇〇二年

逆光に影絵のごとく松初茜

元旦やエプロンだけは新しく

色覚めた夫の古着で庭仕事

突く杖の音と散歩や冬銀河

寂しさで電話掛けまじ冬の雷

見つからぬメモ気がかりに冬日暮れ

メモ書きの見つからぬまま冬日暮れ
句誌「狩」選者添削

あたたかや思いがけなき犬の寝言

あたたかや犬の寝言に頬ゆるむ
句誌「狩」選者添削

雑炊も匙も馴染みて孫一歳

句誌「狩」選者添削

雑炊にも匙にも馴染み一歳児

貸し馬にそむかれている枯野原

椅子固き診察室の余寒かな

梅が香を残して逝きし友の庭

あたたかや草引く指に触れし土

雛の日の京より干菓子届きけり

松葉杖突かぬ日の増え彼岸過ぎ

求め得て柚子の若木につく蕾

ようやくに柚子の若木につく蕾
句誌「狩」選者添削

裏山の影に色増す黄水仙

山鳩の身繕い合える麗《うらら》かな

葡萄棚に収まりかねし若き蔓

句誌「狩」選者添削

葡萄棚に収まりきれずず若き蔓

帰りゆく児はバイバイと燕の巣

紫陽花や絵筆で偲ぶ師の忌日

通るたび屋根這うかぼちゃ見る慣らい

そこ通るたびに屋根這うかぼちゃ見て
句誌「狩」選者添削

羞じらいを西瓜でかくすひとの指

スプリンクラーに庭師は汗の顔かざし

去り際の縦横無尽に飛ぶ燕

息子らの巣立ちてプール静もれる

泳ぐ子らの去りしプールに雲の影

山峡《やまかい》にも独立祭のさんざめき

もの言えぬ夫の思いか夏嵐

葡萄棚眺め尽くして夫逝きぬ

潔く挨拶もせず逝きし夫《つま》

葡萄蔓窓に伸び来て喪に服し

喪の窓に伸びきてぶどう青葉かな

句誌「狩」選者添削

この酷暑にも遺影のやすらかさ

初盆や看護の名残そのままに

秋刀魚焼く犬にも分けて話しかけ

一人居の蜘蛛とて親し夜半の雨

雨音のほど庭濡らし今朝の秋

句誌「狩」選者添削

雨音は庭濡らすほど今朝の秋

友に倣い艶と重さで栗選ぶ

署名乞うドアからドアへ秋風と

萱《かや》の根は他を駆逐してわが庭に

月冴える茂みに潜むコヨーテの目

鹿一家横切るを待つ坂の道

身に沁むや拉致のニュースの繰り返し

秋蒔きのあざみ移植のあとの雨

初生りの林檎一個の袋掛け

ハロウィーンや来る子の減りしこの時世

芋掘りの芋にたわむる子犬かな

茶を焙じ薫《かおり》で満たす秋無聊

柿が枝に動かぬ栗鼠の強き意志

山茶花は花を落として雨を乞う

夫逝きてのちの集いや感謝祭

坂道をスケートで下る子に落ち葉降る

教会の蔦葉を落としゆるむ縛

教会の縛をゆるめし蔦紅葉
句誌「狩」選者添削

パレットに余りし絵の具で柚子を描く

短日や道路補修の音の止み

二〇〇三年

間をもたす意味なき会話初電話

火事近し隣と声をかけ合いて

寒月や乗っかるごとく屋根の上

山峡の窓より近し冬銀河

反戦のデモ行進に熱き冬

街灯の点らぬ一つが寒あつめ

街灯の一つ点らぬ寒さかな
句誌「狩」選者添削

反戦を叫び来し子等の鬼やらい

句誌「狩」選者添削

反戦を叫び来し子ら鬼やらい

マチネー果て鯛焼き買いぬ小東京

奉仕はじめの福祉事務所に桜咲く

春雨を払いて傘をドアに掛け

木瓜《ぼけ》の花の朱を目印に招く門

閑を得て憂いの増えし梨の花

目休めに望遠霞の太平洋

描《えが》きたし薊《あざみ》を揺する風の色
描き終えて薊絮《わた》となり風に乗り
弟抱けば兄も寄り来る祖母の春
花菜漬け今日の食卓あたらしき

手伝いて貰いて茹でて衣被《きぬかつぎ》

独り居の気儘に読みて朝寝かな

シェラネバダ麓の原野に春キャンプ

母の声に麦藁帽子泣き止みぬ

チェリモヤの甘さ重さを配る午後

寒天の固まるを待ち衣替え

夜来雨を含みて蕗の更に伸び

夏浅き濃茶たのみの締切日

約束の友を葉桜の陰で待つ

潮風の入りくる昼寝の子のゆかた

潮風に昼寝する児の浴衣

句誌「狩」選者添削

二〇〇四年

甘藷蒸す湯気の中にいて聞く雨音

句誌「狩」選者添削

甘藷蒸す湯気の中にいて雨を聞く

凪のゆえ形を保つ薔薇の花

句誌「狩」選者添削

凪ゆえか形くずさぬ薔薇の花

緑陰のベンチを選び嫁を待つ

句誌「狩」選者添削

緑陰にベンチあり嫁を待つ

読経聞くはただ二人なる三回忌

読経にただ二人なる三回忌

句誌「狩」選者添削

片陰の途切れるところは足早に

陰の途切れる道は足早に

句誌「狩」選者添削

客足疎らとなりかき氷ブースは残照の中

陽翳りかき氷ブースは客疎らとなり

句誌「狩」選者添削

読み倦きて無聊の午後を蕗の皮むき

読み倦きてつれづれに蕗の皮をむく

句誌「狩」選者添削

法話延々物憂さまとわる秋彼岸

句誌「狩」選者添削

法話えんえん憂さまとわりて秋彼岸

感冒のワクチン求め列のなか

不揃いの柚子なれど手のひらに

短夜を惜しみて本を閉じられず　二〇〇五年

蚕豆《そらまめ》の芽吹きて土なお黒く

独り居は山茶花の生け垣の内

着ぶくれてメロドラマを観て食べて
どしゃ降り庭の木々も溺れおり
待ちわびし初産の嫁と陽だまりに

嬰児抱く息子の肩に力みあり

嬰児をいだく倅の腕のぎこちなさ　句誌「狩」選者添削

ああ豪雨音量を上げさらに上げ

傘の骨ひとつを曲げて豪雨去る

垣越しに桃咲き揃い雨あがる

嘶《いなな》きに目覚めた牧場の草いきれ

涼そそる皿はデルフト夏そこに

夏の風邪粥炊ける間のこの孤独

口を曲げ横向き拒む孫の意地

きれぎれにワルツ聞こえる夕涼み

きれぎれのワルツを聞きつ夕涼み　句誌「狩」選者添削

一つふたつ青柿落ちゆくこの日照り

山峡は陽射しをあつめて蜻蛉舞い
草の実にまみれた犬と丘の径
頬杖を左右に替えて秋灯火
ぽつぽつとやがて本降り菊艶に

芋の湯気そぞろなれども長電話

捨て台詞のごとく犬吠え飛び出しぬ

陽をつつむ雲の濃くなり時雨来る

服薬の数ふえてきて年も暮れ

二〇〇六年

迷い猫恐れるでなく日向ぼこ

冴えかえる声尖りくる受話器おく

老犬も庭に出て来て梅満開

掃き寄せても捨てがたきかな落ち椿

風邪癒えて久方ぶりの庭歩き

語らいの途切れし静寂《しじま》に梟の声

雨あがり金柑こぞりて露の玉

夜を通し囀る野鳥の命いとおし
待ちきれぬごとく競うがごとくに茗荷の芽
春愁や字面追うばかりの本を閉じ
春の詞をほつれる辞書に求めおり

芝青み寄り添い歩く山鳩二羽

雨模様あたりを払いて紫陽花一輪

頁繰る指に残りし蕗の灰汁

サンタモニカ湾に霧立つ夕べ犬逝きぬ

磯沿いに立つ霧のなか犬逝きぬ　句誌「狩」選者添削

あらい熊子連れとなりて枇杷の木に

自由律俳句（一行詩）

一九七三年

灰わかめ淡路新聞に包まれて

大根煮こむ匂いして子らの朗読

インディアンもカウボーイも叱られている夏休み

風凪ぎぬ想いの行方は定まらず

物言わぬ子等の目追えば花みな千切られて

子らに髪いじられていて父に手紙書きたし

静か過ぎる子らに心騒ぐ

一九七四年

幼子残し若く逝きし生母の歳越す

水溜まりを選んで歩く子のレインブーツの黄

梅の香と隣の猫に纏われる未明の帰宅

ガキ大将も虫の死に臆する手の動き

泥にまみれて土盛るだけの虫の墓

蝶を追う子らを子犬が追いかける

花をつけたからし菜の葉も匂う

子の高熱下がりしけさ珈琲を挽く

夜来の雨くぐった草鞋虫のいのち足に這わせておく

読みかけの本を置く鯉のぼり垂れている

廃坑の町で見つけた石油ランプを磨く

貝殻を手に寝入りし靴から砂がこぼれる

夜来雨が子らの池に枯葉を浮かべて

昼寝の子の手が顔を掻く

塀越しにもぎたての柿を手渡す

宿の明かりを消せばこの町が匂いだす

物売りを拒むひと言を得て見送る

残照が砂山にも影を添える

夕凪のすべり台に鳩が憩いおり

一九七五年

臥す枕辺に吾子足もつかい綾取りをする

試験すませ見知らぬ人と話したりする

父とははもいる食卓に灰わかめのみそ汁はこぶ

子らの服から出た石ころをならべる

電話もかけず皿洗うだけに化粧する

孫を膝にははがまるい

ははが好きな胡桃を割っている

当てのない手紙待って部屋の模様替え

賞品の鉢植えを日差しに移す犬も来る

朝日いっぱいの食卓で朝刊もまばゆい

洗たくもの乾いた匂いの中で子は寝息

家の売却きまり夫婦は落書きを消している

新居に軒灯を点せば山犬《コヨーテ》の呼ぶ声わたる

叱った子が蹴とばした空き缶の余韻

スペイン語とびかう中で散髪屋は無口

子らへの贈り物抱いて樅は匂っている

粉のついた顔が菓子を届ける

辛くないという中風の父の電話切りがたく

一九七六年

救急車遠ざかり新聞に戻る

泥靴と赤い実が子らの午後をおしえる

舞台の子の視線を母は受けとめている

舞台で言い詰まった子と歌って帰る

子に聞いてほしい会話が続く

風凪ぎ子らの声が裏山を行く

鎚の音止み置き忘れた上着が夕日の中に

旅先に引きずってきた私の宿題家族で解く

庭のトマトひとつ包丁を砥いで切る

庭の収穫を麦藁帽子が運ぶ

ドアのうしろの苛立ち鎮めて友を迎える

友との誤解とけシクラメンの色濃く

諫言の間に師は栗のむき方も説く

稜線が金色に溶けて月のぞく

水面の月が小さく見えてタホ湖鎮もれる

雨傘を干す庭に剪定の音

挨拶せず犬に牽かれるふりですれ違う

掃除機が止むを待ってドアベルを押す

石けんの匂いの裸を追いかける

冬日差す座卓の上で蛾のいのち絶える

子らを待って霧の流れ見ている
ヒマラヤ杉の梢から朝日が下りてくる
山颪に転がる空き缶の音に目覚める
みちくさの泥を髪にもつけている

土踏む足白く朝顔の種まく
ジャズミンの匂う庭を辞す
怒り受けとめていて受話器が重い

一九七七年

ははのゆかたで蚊帳の中

会話とぎれて風鈴

また西瓜が増えて生家にいる

土蔵でははと旧い日の道具を語る

貯水池は五年ぶりの顔を映している

都市となり淡路富士が細く見え

わが通学の駅舎葉桜の中に朽ちている

村の子を集わせた紙芝居の公会堂の広場は叢となり

集乳所前のぺんぺん草の中にこぼれた牛乳が匂う

ふるさとのことばが鳴門漬けをくれる

見舞い許されぬ距離あり手紙書く

用意した見舞いの言葉が軽い

鉄棒に逆さの子の額が白い

病む子の寝返るたびに寝返る

一九七八年

子等の肩ぶっつかりあって校門をかけていく

朝一番画材にレモンをもぐ

街灯を浮かべこの界隈は霧に沈んでいる

鱗ひく鯛に子の手がのびる

子の寝言にとがめられている
鉛筆の短くなった日が暮れて
春の陽ざしの中で郵便をうけとる
嘘に相槌をうちつつ青林檎をかじる

寒雨やまず散髪の子のうなじが細い

ココアでほぐれた顔がよい返事をする

左手で書いた父の便りに励まされる

弁解がしたい受話器をおく

話しおえて微笑んだ顔に涙の筋

新聞を忘れて今日の朝顔をかぞえる

書けない放心が蒲公英の穂絮を追う

絵筆をとれば南瓜も真顔を向ける

ヘリコプター過ぎゆき山峡《やまかい》の静けさ深まる

潮の香みちた車に子ら眠る

火傷の父の治癒してからの報せ

南瓜の蔓に子らのすべり台を貸している

初出展の勇みに会場の空気の素っ気なさ

入院間近の友は向日葵の花を乞う

詫びたので深く眠る

机に居眠る子の窓にカンナの花が覗く

とうもろこし焼いてパパもいる

弟の小走りを待つ兄も朝日に小さい

寝るだけになって蜆の水を替える

庭師に弁当ひらかせているプラタナス

一九七九年

菓子を売る生徒らの声生け垣に沿っていく

子らに傘もたせる門に山茶花

薬草のにおいの爪も病んでいる

ベンチ軋む咳をしながら風のない日の庭

洗い髪に杏の花散るほどの春風

灯火も見えぬ農園に星降る

子らもことば少なく果樹園をわたる風音

梅の実大きくしていた旅おわる

ふるさとの便りなく軒に山鳥が巣を作る

教室《アトリエ》に出掛ける運動靴の紐むすぶ

旅の子を念《おも》いコヨーテも静か

蔓枯れの南瓜残し友は越して行き

一九八四年

温む潮風が閉じた売店の戸を叩く

談義に飽きた窓辺にハイビスカスが朱い

会話のあとの頼みに醒めている

満月を見ている今夜のゆとり

一九八六年
父逝去

父の訃つげる受話器にぎり出立の手順を考えている

間に合いたい一心の夜が明けて山颪止んで
もう語り合えぬ父に会う機上にいる
機内では泣くばかりの時間と空間
わが手紙開けることなく身罷る父の机上に

娘《こ》の想いこめた手紙父に届かず

遠来の吾は血縁の視線浴びて柩を前に泣けず

柩にすがり悔責の念絞りあげる仏間の謐けさ

ドライアイスで冷えた足揉む娘にもういいよと父は言わず

橙黄青桃色篠突く雨の傘の葬列
うなだれた喪服の肩が弔辞を拒んでいる
枷を解き煙となる父の弔いを雨よ阻むな
中風十三年の父の骨が箸に崩れる

長い一日の雨音を聞きながら喪服をたたむ

父の嘆き染み込んだ布団が今燃える

父の寝台分ひろくなった部屋に杖がころがっている

淡路富士この霊場で今日父をおくる

一九八九年

子ら巣立ち厨濡らさぬ日もありし

灯り消えても帰省の息子等の声が行き交う

摘めば芽吹く葱や雨有情

桜島臨む出で湯に体躯癒す銀婚の夫

雨上がり三つ葉花となり布団干す

水撒いて立ち直っている芥子とわたし

土に屈めば茄子や胡瓜と息が合う

ひと知れず菜園艶めいて夜半の雨

犬と雀と緑陰にいて彼我が愛しい

師と弟子等この絵があって言葉いらぬ

最後の客送って出れば潮騒

用がない電話という息子の屈託

夫の庭下駄の音に目覚めた朝の味噌汁

休日の窓を麦藁帽子が行き来する

山茶花に立ち止まる人に会釈する

道に迷って牧場の馬にも訊いてみたし

どこにいてもどこかが違う二人である

ふるさとにいてふるさとが遠い

銀婚記念の旅

東京

火山灰降る売店で焼き芋を買う

鹿児島

師の壁画訪ねる道で西郷の像と出会う

おてもやん聴く乗客は二人だけ熊本城下行く

熊本

冬枯れの阿蘇の火口は濃霧の中

鐘の音も濡れている長崎の夜に着く　長崎

島原哀話を解せぬ夫は子守唄に寝入る

駅ごとに細りコスモス揺れており　奥羽

小岩井農場は雪に埋もるごとく冬籠り

柵の根に菊枯れのこり南部富士近く

北上の流れ見おろす宿にいる

車窓のみちのくは時雨に沈んでいる

豊平川に鮭を待つひと斑牛追う人

札幌

寝台車に師走の株価がながれけり

旅人に養殖の浮標目立つ松島かなし

仙台

調子はずれの唄も愛しい青葉城

夕闇に夏蜜柑あふれる萩の街

萩

道後路を歩く湯煙の影もくる　松山

師走の宿の剪定の音に目覚めけり

戦いを待つ闘犬と目が合う　高知

金毘羅は英語を解すか夫の絵馬　高松

倉敷

倉敷の掘割が映す土蔵と旅の貌ふたつ

大阪

来る年を水掛不動に託したり

かけそばのうす味に浪花をたしかめぬ

すすはらいの路地に破魔矢も捨ててあり

片付かぬのに注連縄張れば新年《とし》の来る

牛の鼻息がきこえる生家の門

淡路

父逝きて牛の哀しく佇みぬ

仕立ておろしを見比べあう初詣

木枯らしや身を寄せ合うように墓碑の立つ

一族みんなに言えぬまま眼鏡拭く

鳴門の灯影うつして海峡は鎮まる

洲本川城下の師走をながれけり

中華街の味を求めて並ぶ夫と私

横浜

樟脳の匂うのれんが夏を開く

一九九〇年

挨拶しそびれ手術台に持ち込んでいる

胸部手術

麻酔醒めれば天窓に秋の空

鬼灯《ほおずき》や切られた身がいとおしい

コヨーテ啼く秋風のなかに臥す夕べ

時雨聞きながら古き茶を煎る

去年《こぞ》の茶を煎る秋の夜更けは雨となり

一九九一年

口答えしない子の傷の深さか冬凍みる

木枯らしが隣の諍い吹き払い

片付けをよそに亡父の嘆きを読んでいる

鎚音響く山峡に戦火遠くて近い

戦況を挨拶のごとくに朝の門

飼い犬も母の不安に寄り付かず

発って行く子の車へ韮の一鉢

鶉《うずら》の声に気を取られている教室《アトリエ》の午後

取り残しの春野菜かき集めての夕餉

恋投げて子の強気も母の春愁

墓標の果てしない林立がロマ岬への道

わがままを許す背で姉はふり向かず

夾竹桃が積み荷のトラックと車間を保つ

網棚に夏帽子ならべてバス曠野ゆく

庭下駄に蜘蛛の巣張らせた旅おわる

そうめん茹だる間も価値変転のラジオの報

ぶどうの蔓絡む窓に光闌ける頃の絵筆も吐息

耳諭し大火に近き子の安否まつ

馳走ではほぐせぬ嘆き箸をおく

一九九二年

囃子方に英語も交じる夏まつり

古ジーンズと運動靴で旅立つ子

運転ミスで自失の夫の髪を切る

秋の陽の温もり鍬の柄にも

雨の山峡に暖炉の煙幾筋も

一九九三年

濡れていく犬の孤独を思いけり

句会に集う門にジャカランダ降る

絨毯に師が杖あと残し名画展

宿直《とまり》が行き病室に蜘蛛といる

消灯の病室に点滴と覚めている

道端のレモン一個捥いできた夫の散歩

茂みに潜むコヨーテも慕わし天の川

のぞみ一つ捨て秋の夜長の安らかさ

亡き父の指あと其処此処につく書物なれば

一九九四年

雨が山火事の灰洗えばひこばえ芽を揃え

柘榴にひと筆加えて描き納め

真夜中に付けし灯り眩しく風邪らしき

ポインセティア地面に移し春を待つ

立て続く余震に慣れず高菜を蒔く

五十回忌の母に手向ける春の詩《うた》

夭折の母恋う日々のあり彼岸会

描ききれぬ桜草雨に色増す

誦み了えし経の余韻か夕燕

染みの手より染みの手で受ける莢豌豆

西瓜好きの犬も数のうち包丁を入れる

野鳥に分けつつ向日葵の種ほぐす

郷に入り渇水に弱音の子は伊予訛り

引退の夫の昼間の水の音

秋夜長ははの手紙を読み返し

太平洋に秋陽の沈む速さかな

試験の子にコーヒーを挽き時雨聞き

診察室の灯明るすぎて冷たくて

配膳のコーヒーの香がまず届く

友見送り去りがたき空港は冬支度

珈琲を待つ間も賀状書く

一九九五年

花冷えのふるさとにいて呟き込むばかりの日が暮れ

礼状書けぬ日を重ね電話となる

吾に倣い粽《ちまき》買う人と話す

卒業の子に贈る父祖の地への旅

入梅を告げるニュースやふるさとは

紫陽花は咲けど梅雨のない国に棲み

雀も雨を乞いスプリンクラーの中

台湾で三男の結婚式

姑となり台湾は酷暑にて愚痴しきり

ライチーを買う果肉に暑気のこもりたる

読経止み喪服に汗の滲みており

貨車の牛とつかず離れずフリーウェイ

貨車の牛と並んで走るフリーウエイ

一九九六年

引退の夫手作りの猪口で屠蘇祝う

還暦近し取りたくもあり取りたくもなし市民権

栗鼠が往き来する松毬だらけの小径

わが歳に臆している春のキャンパス

年齢に気後れしている新学期

礼服買いたるも家路での胸騒ぎ

夫の転落事故

留守番電話には夫の事故の報らせ
手術後も流血続くという
まずは大動脈縫合と言い医師は手術室へ
沈黙の心臓外科病棟の待合室はテレビ見る人もなく

移植用心臓の発着へリポートはすぐそこに終夜音と光と人影と

駆けつけし息子ら言葉なく抱き合える

再手術成功の知らせに睡魔きて

呼吸器の命の音なり夜長を刻む

小康の夫の清拭衣替え

流れ星に祈願した信号待ち

在宅看護すると決めて安らぐ今宵

一九九七年

捨て台詞のごとく犬吠え飛び出しぬ

一九九八年

カリフォルニアでは往診は異例

医師に捧げたく集めた庭の花々

医師にとチェリモアの果樹をもぐ

学童は白靴が多くなり夏に入る

野鳥らは集いて騒がし夕立を乞い

巨大な向日葵に物差しをあててみる

山峡に住まいて幾年か雁わたる

魔女やお化け多いほどよしハロウィーン

一九九九年

笑わなくなった夫に笑いの番組選ぶ

シェラネバダの雪解け水届く穀倉地帯

雪解けと知れる水路の勢い溢れおり

二〇〇〇年

初孫の誕生盛夏二〇〇〇年病臥の夫の唇緩む

山峡にロックの大音響は隣のパーティー

二〇〇一年

話せぬ苛立ち沈めて夫は顔をそむける

一人二役話し疲れた耳に蟋蟀がなく

二〇〇二年

病臥六年目の夫の眼差しが仔猫追う

迎えを待ちわびて孫は白い靴を抱き

ハロウィーンも来る子ら疎らに待ち疲れ

芋蒸しあがり気がかりながら長電話
私ひとりのお節を作る
待ちきれず競うごとくに茗荷芽をふく

二〇〇三年

グワヴァが夜陰に落ちる音
秋深し胸のうちよりこぼれる独り言
人見知りの孫のたじろぐ睫毛の長さ

二〇〇四年

逃げざまに尾をふり立てスカンク見返りし

干し魚少し焦がしてひとりの昼餉

干し魚があるよ一人がいい日

ひとり居のドアには稀に林檎の宅配便

客足疎らとなりかき氷ブースは残照の中

ワイン添えてちょっと華やぐ一人の食卓

初産の嫁と陽だまりにいる

豪雨にあえぐがごとく庭の木々

亡夫が植樹したという一枝もらい挿し木する

二〇〇五年

覚えのない家並みを行き来する間《ま》に月のぼる

新茶一杯に元気をもらいガラス拭き

とどかぬ想いの故におもい澄む

思いとどかぬゆえに澄む希《のぞみ》

落雁あり濃茶をたてるこの至福

二〇〇六年

息子等みんな子持ちとなり目立つ癖

そら豆剝いて手を染め笑い合う児等

衣替えて常の暮らしの窓を開け
庭に水撒き天にも脚にも水を撒く

あとがき

八十二歳となって初めて体験するCOVIT-19問題で、外出も儘ならない日々を過ごすうちに自分の来し方行く末を見つめ直す時間となりました。身辺整理の意味もあり、「はじめに」にも書きましたが今年六月急にその気になって、一九七三年から二〇〇六年まで作り溜めた俳句をまとめたいと考えました。

「やからんだ乃会」と名付けた句会に参加し、俳句について素人ばかりの集りであった句会の発起人であり実質は句会の指導的役割を担ってくださっていたのが八島太郎先生でした。彼のもとで俳句の重要な部分である「詩」について学び、句会の合評で仲間の発言から気付くこと、学ぶことが多くありました。

ＮＨＫ国際放送の「お楽しみワイド、リスナー広場」の一つである「俳句コーナー」を知ったのは一九九三年の秋でしたが、どういう経緯で、二〇〇一年にこのプログラムが終了したのか私には不明なのですが、二〇〇一年秋から「俳句コーナー」の選者だった鷹羽狩行氏が主宰する句誌「狩」に俳句を送るようになりました。

一九九六年五月〜二〇〇二年七月、の六年二ヶ月、夫は転落事故により生命維持装置で生かされていました。十一ヵ月間を病院で過ごし、面会時間内を付き添っていた私は、病院の医療、看護のすべてに対し疑問と不満を溜めてしまい、医師や病院の意向に逆らって在宅介護を願い出たのでした。入院中、二度、危篤状態だと言って私たちの友人や家族に駆け付けてもらうことがあった後、余命三ヶ月と聞くに及び、在宅看護をするという判断が間違っていたとしても後悔が少なくて済むと考えたのでした。

夫が十一ヵ月の入院中に見様見真似で覚えた看護の知識と、看護婦の手伝いをせざるを得ないことが度々あったので「慣れている」と思っていました。退院する前に呼吸器をはじめ必要な医療機器の使用法の指導を受けました。心臓蘇生マッサージの資格が義務づけられていたので同居していない息子三人も共に取得しました。病院の看護婦が夫に施していた看護のいろいろをほぼ全部できるという自信がありましたが、命を預かる責任の重さは例えようもなく大きいものでした。

夫に異常が生じれば呼吸器のアラームが鳴るようになっていたので、一日二十四時間、気が抜けない在宅看護をする五年三ヶ月の期間、想像していた以上に厳しく、神様が計画した私たちへの試練だと受け止めました。

医師、看護婦、准看護婦、いろいろな種類のセラピスト等の定期的訪問、そして運び込まれた各種医療機器具＝呼吸器と酸素ボンベ、点滴に拠る摂取及び補給を目的とした液体の主食用缶詰、排便用具（品）、矯正用の各種コルセット、シリンジやガーゼ、水に至るまで、これらの配達に携わる人々の出入りの対応だけでも多忙を極めたのです。

唯一の希望だった筈の俳句も多忙さと疲労で作れない日が続き、記録としては欠落部分が多すぎると、今になって気付かされています。

二〇〇六年夏、「やからんだ乃会」が解散されると、気が抜けてしまったように俳句を作らなくなり、絵を描くことも少なくなっていました。読書に割く時間が多くなり、魅力ある素材に出会うと散文（主として随筆）に集中するようになりました。それが運動不足となり、すでに左股関節の手術（Hip Replacement）を二回も受けていたのに更に左右で繰り返すことになり、合計五回、年々進歩する人工の股関節に入れ替えました。

俳句に情熱を傾けていた年月を今思うと、私は素晴らしい人々に出会い、幸運な人生を与えられていたと思います。俳句へと導き、絵を描く喜びと厳しさをも指導してくださった、今は亡き八島太郎先生に感謝を伝えたく思います。先生亡き後、リーダーとして句会を仕切ってくれた仲間の一人である渡辺正清さんは、アメリカで功績を残し歴史に名を刻んだ日系人たちの評伝など数冊を出版しました。そして忌憚なく意見を聞かせてくれた句会の皆さんにもお礼を言いたいです。

私の俳句史に思いがけない彩りを与えてくださった鷹羽狩行先生、私の俳句の多くを添削をしてくださいました。ラジオ放送の中での電話インタビューでお話しをする機会を下さったり、私の短い手紙を句誌「狩」に載せてくださったりもしました。

一人のリスナーに過ぎない私にとって、そのご指導と激励は大いなる喜びでした。

深甚の感謝を申し上げます。

また、風詠社の大杉剛様から幾多の助言と多大なご尽力をいただきました。句集を出版できますことを心より感謝し、謹んで御礼を申し上げます。

二〇二〇年一〇月

下本　慈江

下本　慈江（したもと よしえ）

1938年　兵庫県、淡路島生まれ。
1956年　洲本高等学校卒業。
1956～1963年　株式会社十合に勤務、夜間、大阪文学学校で学ぶ。
1964年　結婚、同年に渡米、ロサンゼルス郊外に居住。
1965年～1970年　男子3人出生。
1973年　俳句入門、少し遅れて絵画（油彩）を始める。
1980年　俳句や絵の師、八島氏の勧めで地元日系誌に随筆その他を投稿、2年間連載。その後は書けると投稿を続けた。
在米56年中、複数の大学から興味ある学科をその時の都合で選び受講することが認められていた。
現住所　カリフォルニア州サン・カルロス市

句集 柿の木のある家

2021年6月10日　第1刷発行

著　者　下本慈江
発行人　大杉　剛
発行所　株式会社 風詠社
〒553-0001　大阪市福島区海老江5-2-2
大拓ビル5-7階
TEL 06（6136）8657　https://fueisha.com/
発売元　株式会社 星雲社
（共同出版社・流通責任出版社）
〒112-0005　東京都文京区水道1-3-30
TEL 03（3868）3275
印刷・製本　シナノ印刷株式会社

ISBN978-4-434-29080-0 C0092